VENTE

Du Lundi 3 Décembre 1883

PAR SUITE DE DÉCÈS

HOTEL DROUOT, SALLE N° 7

ARMES

ET

PIÈCES D'ARMURES

OBJETS D'ART

TABATIÈRES — BIJOUX

OBJETS VARIÉS

EXPOSITION PUBLIQUE

Le Dimanche 2 Décembre 1883

DE 1 HEURE A 5 HEURES.

COMMISSAIRE-PRISEUR	EXPERT
Mᵉ LÉON TUAL	**M. CH. MANNHEIM**
39, rue de la Victoire.	7, rue Saint-Georges.

HOMO
NATVRA
IMPRIMERIE DE L'ART

CATALOGUE

DES

ARMES ET PIÈCES D'ARMURES

Épées des XVIe et XVIIe siècles — Épées à deux mains
Morions gravés — Bombe d'armet en fer repoussé et doré
Cuirasses gravées — Arbalètes
Arquebuses et Mousquets — Pistolets à rouet du XVIe siècle

QUELQUES ARMES ORIENTALES

OBJETS DE VITRINE, TELS QUE

Tabatières
Bonbonnières — Bijoux — Matières précieuses
Sculptures en ivoire
Statuette d'Hercule en bronze
Deux grands Candélabres avec groupes, d'après Clodion

DONT LA VENTE AURA LIEU, PAR SUITE DE DÉCÈS

HOTEL DROUOT, SALLE Nº 7

Le Lundi 3 Décembre 1883

A DEUX HEURES

———

Par le Ministère de Mᵉ **LÉON TUAL**, commissaire-priseur,

39, rue de la Victoire, 39,

Assisté de **M. CHARLES MANNHEIM**, expert,

7, rue Saint-Georges, 7,

Chez lesquels se trouve le présent catalogue.

———

EXPOSITION PUBLIQUE : Le Dimanche 2 Décembre 1883

DE UNE HEURE A CINQ HEURES

CONDITIONS DE LA VENTE

Elle sera faite au comptant.

Les adjudicataires payeront *cinq pour cent* en sus des enchères.

L'exposition mettant le public à même de se rendre compte de l'état des objets, aucune réclamation ne sera admise une fois l'adjudication prononcée.

Paris — Imp. de l'Art, J. Rouam, 41, rue de la Victoire.

DÉSIGNATION DES OBJETS

ARMES EUROPÉENNES — ÉPÉES

1 — Grande et belle épée à large poignée à double coquille découpée à jour, à quillons recourbés et pommeau cannelé, le tout en fer conservant des traces de dorure. xvi⁰ siècle.

2 — Épée à poignée à triple garde en fer gravé à ornements et conservant des traces d'incrustations d'argent. La lame porte les noms : *Monte en Toledo*, et un poinçon couronné avec l'inscription : *Samdri Scaceh*.

3 — Épée à longue et large lame avec grande poignée à pommeau cannelé en spirale, quillons en S se terminant par des graines et garde à coquille.

4 — Rapière à lame quadrangulaire très effilée, corbeille à collerette composée de rinceaux découpés à jour et quillons droits à torsades.

5 — Épée du xvie siècle avec garde à corbeille en fer découpé à jour, conservant des traces de dorure, quillons droits et pommeau ciselé à vannerie. La lame de cette pièce qui a conservé sa fusée du temps porte les noms : *Joannes de Agilin*.

6 — Épée à large poignée à coquille repercée à jour, quillons courbes et pommeau en forme de vase.

7 — Épée avec poignée à double garde, quillons droits et pommeau ovoïde à godrons, le tout en fer noir. xvie siècle.

8 — Grande épée à deux mains avec poignée garnie en cuir noir et garde découpée à enroulements. Travail suisse. xvie siècle.

9 — Autre grande épée à deux mains avec lame

flamboyante, pommeau circulaire et quillons découpés se terminant par des fleurs
de lis.

10 — Épée avec garde à coquille et à six arceaux
concentriques formant garde - main.
xvıᵉ siècle.

11 — Épée à coquille découpée à quadrillage,
quillons recourbés en S et pommeau
orné.

12 — Épée à double garde et quillons droits
taillés à facettes et pommeau ovoïde en
fer noir. La fusée est garnie en cuir noir.
xvıᵉ siècle.

13 — Épée à poignée et garde en fer à torsades
en spirale sur fond doré.

14 — Épée à quillons en S et garde composée
d'une double calotte à cinq branches.
xvıᵉ siècle.

15 — Épée à triple garde, quillons courbés et
pommeau à pans.

16 — Épée à lame flamboyante longue, poignée
en cuir noir et garde à quillons droits.

17 — Épée à garde large et plate et quillons se
terminant en spatule percée de deux
trous. XVIᵉ siècle.

18 — Épée à garde a doubles quillons arrondis et
pommeau aplati et découpé.

19 — Épée à longs quillons droits, garde et
pommeau en fer noir, avec fusée garnie
de velours noir.

20 — Deux épées de duel avec gardes décorées
de figures en relief et pommeaux formés
de bustes casqués.

21 — Deux sabres à lames à double tranchant et
gardes garnies de plaques découpées à
jour.

22 — Épée d'enfant avec garniture de la poignée
en fer incrusté d'argent à fleurs en relief.
Époque Louis XIII.

23 — Dague main gauche à quillons droits et
garde à jour, à fleurs arabesques et rinceaux.

24 — Petite dague à fusée et quillons tournés
unis.

PIÈCES D'ARMURES

25 — Bombe d'un armet en fer repoussé doré en
partie, décorée de cariatides ailées et à
crête, et rosaces gravées et dorées.
xvie siècle.

26 — Morion à haute crête en fer, gravé à figures, mascarons et ornements. xvie siècle.

27 — Morion analogue à celui qui précède, mais
moins grand. Celui-ci est décoré d'entrelacs et d'armes gravés. Même époque.

28 — Cabasset en fer à bandes verticales, gravées
à ornements. xvie siècle.

29 — Armature d'une calotte d'armes à brisures. xvie siècle.

30 — Devant de cuirasse en fer gravé à bandes d'ornements, cariatides, armes, bustes, et offrant à son centre une figure de saint Jean debout. xvie siècle.

31 — Devant de cuirasse analogue à celui qui précède. Celui-ci est décoré de médaillons circulaires renfermant des bustes et de médaillons ovales, représentant un homme et une femme debout, en costumes de l'époque. xvie siècle.

32 — Rondache en fer à bandes et médaillons gravés à trophées d'armes, guerriers et rinceaux. Elle est garnie d'une pointe à son centre et son bord présente une moulure à torsade.

33 — Chanfrein de cheval en fer uni, clouté de cuivre, et écusson rapporté surmonté d'un porte-plumail.

34 — Gantelet articulé en fer gravé à rinceaux.
xvie siècle.

35 — Marteau d'armes gravé à ornements et
manche en bois garni en fer gravé.

36 — Deux colletins, l'un d'eux en cuivre et
l'autre en fonte, à sujets en relief, cavaliers combattant.

ARBALÈTES ET ARMES A FEU

37 — Arquebuse à rouet dont la monture est
entièrement couverte d'incrustations d'i-
voire et de nacre à sujets de chasse et
rinceaux. Le canon bleui est gravé.
xvie siècle.

38 — Très beau pistolet à rouet et à crosse sphérique, dont la monture est entièrement
couverte de très fines incrustations d'i-
voire représentant des rinceaux et des
entrelacs dans lesquels se jouent des oiseaux et divers animaux. Le canon, décoré

d'ornements et de mascarons ciselés en relief porte la date de 1579, ainsi que les initiales S. R. La monture porte les initiales B. H.

39 — Pistolet de même forme que celui qui précède. La monture de celui-ci est incrustée de rinceaux en ivoire. Son canon porte la date de 1577.

40 — Deux jolis pistolets à rouet dont les montures sont très finement incrustées d'ornements en fer gravé. La sous-garde, de même travail, est repercée à jour ; le chien de chacune des batteries est formé d'un élégant balustre ciselé à feuilles. Les canons sont signés : *Gio. Batt^{ta} Francino.* XVIIe siècle.

41 — Petit mousquet à rouet avec monture incrustée d'ivoire gravé. XVIe siècle.

42 — Mousquet espagnol, avec garniture et canon en fer ciselé. Cette pièce, qui nous semble appartenir au XVIIe siècle, a une batterie

d'un système qui nous est inconnu, ornée
d'un chien et d'un lapin ciselés en ronde
bosse et qui porte la signature suivante :
Sevilla, anno de 1820.

43 — Pistolet à rouet avec crosse sphérique apla-
tie en ivoire et monture incrustée d'ivoire
gravé. XVIe siècle.

44 — Amorçoir ayant la forme d'une fleur de lis
en bois, incrusté d'ivoire, gravé à figures
et ornements. La garniture est en fer
gravé. XVIe siècle.

45 — Autre amorçoir en bois, incrusté d'ivoire,
gravé à ornements et oiseaux. La garniture est en cuivre doré. XVIe siècle.

46 — Amorçoir lenticulaire en bois, incrusté de
rosaces d'ivoire et offrant au centre de
chacun de ses côtés une tête de lion en
bas-relief.

47-48 — Deux arbalètes avec montures plaquées
d'os gravé. XVIe siècle.

49 — Deux pistolets entièrement en fer gravé à
l'eau-forte.

50 — Amorçoir en fer conservant des traces d'ornements dorés. XVIe siècle.

51 — Deux éperons en fer à ornements découpés
et ciselés.

52 — Deux éperons en fer doré et ornements à
torsades. XVIe siècle.

53 — Amorçoir en ivoire sculpté à figures d'animaux en bas-relief. Travail oriental.

ARMES ORIENTALES

54 — Casque persan à bombe en damas, décoré
d'ornements et d'inscriptions dorés et
garni d'une maille fine dentelée.

55 — Rondache en damas et à quatre bossettes,
de même décor que le casque qui précède
et provenant de la même armure.

56 — Brassard, de décor analogue, avec gantelet en mailles.

57 — Rondache à sept bossettes, décorée d'ornements argentés.

58 — Poignard à lame en damas et manche en jade blanc gravé à fleurs en relief. Le fourreau en cuir est garni en cuivre ciselé et doré. Travail persan.

59 — Poignard persan avec manche et fourreau en fer gravé et doré, décoré de fleurs et de trophées d'armes.

60 — Deux sabres à lames courbes et évidées en damas avec poignées en morse.

61 — Deux haches d'armes en damas, à ornements dorés et figures de cavaliers gravées. Les hampes en fer sont décorées d'ornements argentés.

62 — Poignard à lame en damas, décoré d'ornements dorés; le manche et le fourreau sont en argent repoussé.

63 — Poignard à lame en damas et manche en jade vert taillé à cannelures.

64 — Petit yatagan avec manche et garniture du fourreau en argent repoussé.

65 — Couteau persan à lame et garniture de la poignée en damas incrusté d'or. Les deux côtés du manche sont en morse.

66 — Couteau analogue à celui qui précède, mais sans incrustations.

67 — Petit couteau persan à lame en damas damasquiné d'or et manche décoré de quadrillages argentés.

68 — Kama à lame droite en damas à cannelures, découpée à jour et damasquinée en or avec manche en morse.

TABATIÈRES & BONBONNIÈRES

69 — Boîte carrée en cristal de roche taillé à quadrillages et à cuvette, montée en argent gravé et doré.

70 — Boîte ronde, en racine de buis, ornée d'un bas-relief exécuté en bois de couleurs, représentant la tombe de Louis XVI et de Marie-Antoinette, surmontée des attributs de la Royauté et présentant, à droite et à gauche, deux figures de pleureuses debout. On lit dans le bas : *Proh Dolor! Illis non tvmvlvs alter*. Travail attribué à Bonzanigo.

71 — Boîte ovale en prime d'améthyste, décorée sur le dessus d'une mosaïque en relief représentant une corbeille de fruits.

72 — Boîte ovale en aventurine de Venise, montée en or.

73 — Boîte oblongue à angles coupés, en cristal

de roche, montée en argent doré. Époque Louis XIII.

74 — Boîte ronde, en écaille blonde, montée à gorge en or gravé.

75 — Boîte ronde en porphyre rouge oriental. Le dessus est orné d'une mosaïque plate représentant un vase blanc sur fond vert.

76 — Boîte ronde en écaille posée d'or. Le dessus, en écaille frappée, représente en bas-relief un ballon s'élevant au-dessus d'un paysage doré, avec ciel peint. Époque Louis XVI.

77 — Boîte ronde en écaille blonde, incrustée de filets en spirale en or.

78 — Boîte de forme contournée en porphyre rouge, taillé en cuvette et à coquille à l'extérieur.

79 — Boîte simulant une petite commode en ancienne porcelaine tendre de Menecy,

décorée de fleurs polychromes et montée
en argent.

80 — Boîte oblongue et plate, montée à cage en
argent doré et garnie de plaques en dents
d'éléphant.

BIJOUX

81 — Jolie montre du temps de Louis XVI, en
or émaillé bleu, avec rosace en couleurs
réservée au centre et double rang de
points d'émail blanc.

82 — Étui cylindrique du temps de Louis XVI,
en ivoire monté en or gravé.

83 — Navette Louis XVI, en écaille blonde
posée d'or, à oiseaux et feuilles de vigne.

84 — Flacon à pans en cristal de roche, gravé et
à bouchon simulant une flamme.

85 — Étui à pans et conique en cristal de roche,
monté en argent doré.

86 — Petit lion couché, en cristal de roche.

87 — Bouquin de pipe, en ambre et tube en jade, incrusté de rubis et d'or.

88 — Autre bouquin de pipe en ambre et jaspe.

89 — Deux mosaïques de Rome, dont l'une de forme ronde représente la coupe aux colombes du Vatican.

90 — Étui Louis XV en galuchat, garni d'ornements rocaille en or repoussé et découpé.

91 — Petite coupe en jade verdâtre, en forme de feuille de lotus.

92 — Petit groupe de deux chevaux en jade blanc.

93 — Coupe en jade blanc verdâtre en forme de fleur, avec dragon et feuillages pris dans le bloc.

94 — Petite coupe oblongue à lobes et à une petite anse, en jade gris.

95 — Épingle de cravate formée d'une figurine
de femme nue, en argent, tenant un
miroir à main simulé en or et pierre.

96 — Carnet formé de deux plaques d'écaille
noire piquée d'or, avec monture en or.

97 — Petite boîte en laque rouge ciselé, de
Pékin. Le dessus est incrusté de jade vert
et blanc.

98 — Petit plateau rectangulaire en laque usé,
du Japon, décoré d'un paysage en or.

99 — Médaille en bronze du cardinal de Riche-
lieu.

ORFÈVRERIE

100 — Coupe ronde sur pied élevé, en argent
repoussé et ciselé doré en partie, à sujets
guerriers et autres. (Prix de course.)

101 — Médaillon rond en argent repoussé, représentant un sujet biblique. xviie siècle.

102 — Ceinture en argent, dont partie en fili-
grane à bossettes et entre-deux.

103 — Deux petites tasses sans anse, en argent
uni.

SCULPTURES ET OBJETS VARIÉS

104 — Éléphant en ivoire décoré de quadrillages
sculptés. Travail oriental.

105 — Trompe de chasse en ivoire sculpté, à
sujets de chasse et armoiries. Travail
moderne.

106 — Gobelet de même travail, décoré de trophées d'armes en relief.

107 — Deux petits manches de couteaux en ivoire
sculpté à cariatides, ornements et guir-
landes de fleurs.

108 — Petit groupe japonais en ivoire : enfants
essayant de monter sur un éléphant.

109 — Statuette en bronze : Hercule Farnèse
d'après l'antique. xviiᵉ siècle.

110 — Deux petits candélabres à deux lumières,
modèle rocaille, en bronze ciselé et doré,
ornés chacun d'une figurine de jeune fille
musicienne en vieux Saxe.

111 — Groupe de cinq figures en biscuit : la
Naissance de l'Aurore.

112 — Vitrine plate avec encadrement en mar-
queterie de bois à fleurs.

113 — Deux grands candélabres à douze branches rocaille, porte-lumières en bronze
doré, ornés chacun d'un groupe de figures en bronze d'après Clodion, sur un
socle triangulaire en bronze doré.